赤《あか》いろうそく

新美南吉 作

太田大八 絵

小峰書店

もくじ

でんでんむし

大《おお》きな　でんでん虫《むし》の　せなかに　うまれたばかりの　小《ちい》さな
でんでん虫《むし》が　のって　いました。小《ちい》さな　小《ちい》さな　すきとおるよ
うな　でんでん虫《むし》でした。

「ぼうや　ぼうや。もう、あさだから、めを　だしなさい。」と、
大《おお》きな　でんでん虫《むし》が　よびました。

「あめは　ふって　いないの？」

「ふって　いないよ。」

「かぜは　ふいて　いないの？」

「ふいて　いないよ。」

「ほんとう？」

「ほんとうよ。」

「そんなら。」と、ほそい　めを、あたまの　うえに　そーっと　だしました。

「ぼうやの　あたまの　ところに　大《おお》きな　ものが　あるでしょう?」と　おかあさんが　ききました。

「うん、この　めに　しみる　もの　これ　なあに。」

「みどりの　はっぱよ。」

「はっぱ?　いきてんの。」

「そう、でも　どうも　しや　しないから　だいじょうぶ。」

「あ、かあちゃん、はっぱの　さきに　たまが　ひかってる。」

「それは　あさつゆって　もの。きれいでしょう。」

「きれいだなあ、きれいだなあ、まんまるだなあ。」

すると、あさつゆは、はの　さきから　ぴょいと　はなれて　ぷつんと　じべたへ　おちて　しまいました。

「かあちゃん、あさつゆが　にげてっちゃった。」

「おっこったのよ。」

「また　はっぱの　とこへ　かえって　くるの。」

「もう、きません。あさつゆは　おっこちると　こわれて　しまうのよ。」

「ふーん、つまんないね、あ、しろい　はっぱが　とんで　ゆく。」

「あれは　はっぱじゃ　ないこと、ちょうちょうよ。」

ちょうちょうは、きのはの　あいだを　くぐって　そら　たかく　とんで　いきました。ちょうちょうが　みえなく　なると、こども

の　でんでん虫《むし》は、

「あれ、なあに。はっぱと　はっぱの　あいだに、とおく　みえる　もの。」と　ききました。

「そらよ。」と　かあさんの　でんでん虫《むし》は　こたえました。

「だれか、そらの　なかに　いるの？」

「さあ、それは　かあさんも　しりません。」

「そらの　むこうに　なにが　あるの？」

「さあ、それも　しりません。」

「ふーん。」小《ちい》さい　でんでん虫《むし》は、おかあさまでも　わからない　ふしぎな　とおい　そらを、ほそい　めを　一《いっ》ぱい　のばして　いつまでも　みて　いました。

みちこさん

みちこさんが、ことりやの　まえまで　くると、しらない　おばさんが、うばぐるまの　なかの　にもつを　なおして　いました。

あかちゃんが　のって　いて、かきまわしたのでした。

あかちゃんは、ぶうぶう　いいながら、かあちゃんの　じゃまして　いました。

みちこさんは、おばさんの　そばに　よって、

「あかちゃん　だいてて　あげましょうか。」と　いいました。

「ええ　ありがとう、でも　おいたぼうで、とっても　おもいのよ。」

「いいわ　おばさん。」

「すみませんね。」

おばさんは　あかちゃんを　みちこさんに　だっこさせて　くれました。みちこさんの　うでに、おちちくさい、しろい　パジャマの　かわいらしい　あかちゃんが、だかれました。

みちこさんは、

「ちゅっちゅっ、ほらほら。」と　ことりを　みせて　やりました。けれど、あかちゃんは、ことりを　みないで、みちこさんの　かおを　みて　いて　にっこり　わらいました。それから、おててで　みちこさんの　ねくたいを　つかみました。みちこさんは、かわいい　てだなと　おもいました。

その　うちに　おばさんは　すっかり　うばぐるまの　なかを　かたづけて、

「すみませんでした、ほんとうに。」
と　いいました。
あかちゃんは
また　うばぐるまに
のっけられて、
いって　しまいました。
　みちこさんは、
まだ　あかちゃんを
だっこしてるような
てつきを　して　おうちへ
かえって　きました。

おかあさんは　みちこさんを　みると、「なにを　そんな　おかしな　てつき　してるの。」と、ふしぎそうな　かおを　しました。

「わたしね、どこかの　かわいい　あかちゃんを　だっこしたのよ。わたしの　かおを　みて　わらったわ。」

「ふーん。」

「あんまり、かわいかったので、まだ　だっこしてる　つもりで　かえって　きたのよ。おかあさん、ほら　おちちの　においが　してるわ。」と　いって　みちこさんは　むねの　あたりを　かぎました。おかあさんは、みちこさんは　いい　こだなと　おもいました。

うまやのそばのなたね

うまやの　まどの　そとに　なたねが　はえて　おりました。
まだ　花《はな》は　さいて　おりません。けれど　つぼみが　たくさん
ついて　おりました。
もう　じき　はるが　くるのです。うまやの　まえの　ひざしが
ひに　ひに　あたたかく　なって　くろい　土《つち》から　白《しろ》い　ゆげが
のぼりはじめて　います。

21　　うまやのそばのなたね

なたねの　つぼみたちは　かんばしい　においの　なかで　だんだん　ふくらんで　いきます。

「もう　じき、ね」と　一《ひと》つの　つぼみが　ささやきます。

「ええ、もう　すぐ、おんもが　みられます」と　ほかの　つぼみが　こたえます。

つぼみたちは　まだ　この　せかいを　みた　ことが　ありません。この　せかいは　じびたと　そらの　二《ふた》つに　わかれて　いて、その　あいだに、にんげんと　いう　りこうな　ものが　いきて　いると　いう　ことも、ことりと　いう　やさしい　いきものの　いると　いう　ことも、また　つぼみたちじしんが、花《はな》と　いう　うつくしい　ものに　なるのだと　いう　ことも　しって　いませ

ん。それで、
「おんもは　どんな　ところでしょう」
と　どの　つぼみも　おもって　いるので　ありました。
その　とき　むこうの　むぎばたけから　ことしに　なってから
はじめての　ひばりが　そらに　まいあがりました。そして　ひば
りは　すがたが　みえなく　なるほど　たかく　のぼった　とき
うつくしい　こえで　うたいはじめました。
「ぴいちく　ぴいちく　ぴいちく　ぴいちく」
ひばりの　こえは　たかい　そらから　きんの　あめのように
ふって　きて、うまやの　そばの　なたねの　まわりに　ふりそそ
ぎました。

「なんと　いう　きれいな　こえでしょう」

「あんなに　よい　こえで　うたう　ことの　できるのは　たれでしょう」

と　なたねの　つぼみたちは　うっとりして　ささやきあいました。

すると、つぼみたちの　あたまの　うえで　だれかが、

「ひばりです、よ」と　ふとい　こえで　いいました。

つぼみたちは　びっくりして、だまって　しまいました。やがておどろきが　とまると、

「いまの　ふとい　こえは　だれでしょう」

「きっと　おそろしい　ものに　ちがいないね」

と　ひそひそ　いいあいました。

するとまた　さっきの　ふとい　こえで、
「わたしは　うまです、ちっとも　おそろしい　ものじゃ　ありません」
と　いいました。しかし　つぼみたちは　うまが　どんな　もので　あるかも　しって　いません。

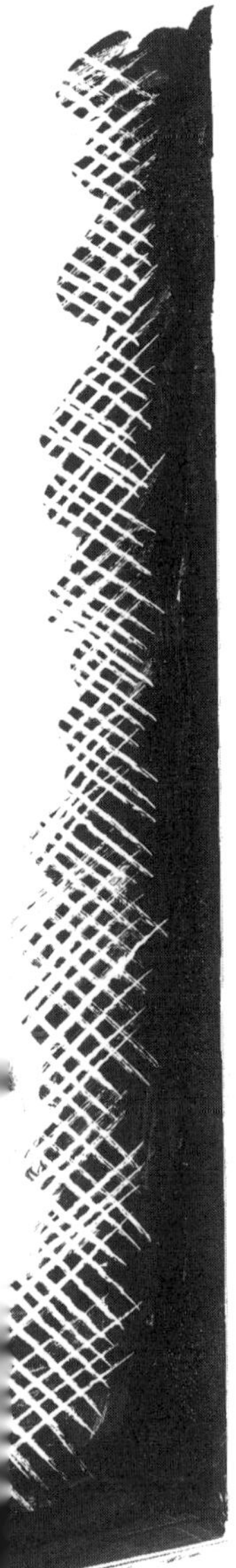

27　うまやのそばのなたね

やわらかな　けむりのような　はるの　あめが　二《に》三日《さんにち》　ふりつづきました。あめが　やむと　まえよりも　いっそう　あたたかな　ひの　ひかりが　そそぎました。

そこで　とうとう　いちばん　いただきに　いた　つぼみが　おめめを　ひらいて　花《はな》に　なりました。それから　つぎつぎに　つぼみたちは　上《うえ》の　方《ほう》から　下《した》の　方《ほう》へ　ひらいて　いきました。

「おお　まぶしい」

と　どの　つぼみも　はじめは　さけびました。それは　はじめて　みる　せかいが　いままでと　ちがって　ぴかぴか　ひかって　いたからで　あります。

やがて　つよい　ひかりに　なれて　くると　なたねの　花《はな》たち

は　あたりを　みまわして、木《き》や　はたけや　みちや　いえや　そらや　みずを　みました。それは　たいへん　うつくしく　みえたので　花《はな》たちは　このような　せかいに　うまれて　きた　ことをよろこびあいました。それから　花《はな》たちは　じぶんたちの　すがたを　ながめあい、じぶんたちから　ながれでる　においをば　かぎあって、じぶんたちが　みな　おなじように　きいろい　きものをきて　おり、ほかの　木《き》や　くさに　まけないほど　うつくしいのをしって　いっそう　よろこびあいました。

その　とき　花《はな》たちの　あたまの　上《うえ》で、

「おや　まあ　きれいに　さきましたね」

と　いう　こえが　しました。花《はな》たちは　きいた　ことの　ある

こえだと　おもって　みると、
うまやの　まどに
大《おお》きな　やさしい　うまの　かおが
のぞいて　おりました。
こんなに　やさしい　ものが
花《はな》たちの　おそろしく　おもった
うまだったのでした。
「おうまの　おばさん、
この　せかいは　なんと　いう
うつくしい　よい　ところでしょう」
と　花《はな》の　ひとつが　いいました。

「ほんとうに　そうですよ、わたしも　はやく　ぼうやに　このよい　せかいを　みせて　やりたくて　たまりません」

と　うまは　こたえました。

「おや、おばさん、あかんぼが　うまれるのですか」

「もう　うまれて　おります。でも　まだ　おめめを　とじて　ねして　いるのですよ」

花《はな》たちは　うまの　あかんぼを　みたいと　おもいました。けれど　あんなに　まどが　たかくて、どうして　なかを　のぞく　ことが　できましょう。

「おや　みなさん」

と　その　とき　うまの　おばさんが　いいました。

「まだ　ひらかない　つぼみが　あるじゃ　ありませんか」

花《はな》たちは　びっくりして　みまわしました。

「どれ　どこに」

「そら、そら、そこに」

なるほど、みると　なたねの　みきに　まだ　ひらかない　つぼみが　ひとつ　のこって　おりました。

「どう　したのでしょう」

「まだ　ねんねしてるのかしら」

「わたしたちが　もう　おめめを　ひらいた　ことを　しらないのかしら」

「もう　はるが　きてるのを　しらないのかしら」

そこで　花《はな》たちは　まだ　ひらかない　つぼみを　おこしに　かかりました。

「まだ　ひらかない　つぼみさん　もう　はるですよ、おんもに　でて　いらっしゃい」

「まだ　ねんねしてる　つぼみさん　おめめを　さましなさい」

すると　つぼみが　こたえました。

「わたしは　もう　めを　さまして　います」

「あら　あら、それでは　すぐ　でて　いらっしゃい」

やがて　その　つぼみが　ふたつに　われて　なかから　なにかでて　まいりました。ところが、花《はな》たちの　おどろいた　ことには　それは　花《はな》たちのように　きいろい　きものの　かわりに　まっし

ろい　きものを　きて　おりました。

「あら　どう　したのでしょ、あなたの　おべべは　まっしろよ」

と　おどろいた　花《はな》の　ひとつが　いいました。

すると　その　とき　まどから　みて　いた　おうまの　おばさんが、

「ちょうちょうですよ」

と　花《はな》たちに　しらせました。

それは　ほんとに　いっぴきの　ちょうちょうで　ありました。ちょうちょうは　花《はな》とは　ちがいます、おはねが　あって　あちらこちら　とびまわる　ことが　できます。さて　この　ちょうちょうも　おはねが　じょうぶに　なると　かぜに　のって　うまやの

やねを　こえたり、おがわの　うえに　いって　みたり　しました。
けれど　なたねの　つぼみと　いっしょに　そだった　ちょうちょうですから、なたねの　花《はな》たちとは　たいへん　なかよしでした。
「ちょうちょうさん」
と　とぶ　ことの　できない　花《はな》たちは　いうのでした。「おうまの　あかちゃんは　もう　おめめを　あいたか　みて　きて　ちょうだい」
　ちょうちょうは　すぐ　うまやの　まどから　なかに　はいって　いきました。
「おうまの　おばさん　こんにちは」
「おや　ちょうちょうさん　こんにちは」

「あかちゃんの　おめめは　あきましたか」
「けさ　やっと　あきました」
みると　おうまの　あかんぼは　ねわらの　なかで　ぱっちり
おめめを　あけて　おとなしく　して　いました。

里《さと》の春《はる》、山《やま》の春《はる》

野原《のはら》にはもう春《はる》がきていました。
桜《さくら》がさき、小鳥《ことり》はないておりました。
けれども、山《やま》にはまだ春《はる》はきていませんでした。
山《やま》のいただきには、雪《ゆき》も白《しろ》くのこっていました。
山《やま》のおくには、おやこの鹿《しか》がすんでいました。

坊《ぼう》やの鹿《しか》は、生《う》まれてまだ一年《いちねん》にならないので、春《はる》とはどんなものか知《し》りませんでした。

「お父《とう》ちゃん、春《はる》ってどんなもの。」

「春《はる》には花《はな》がさくのさ。」

「お母《かあ》ちゃん、花《はな》ってどんなもの。」

「花《はな》ってね、きれいなものよ。」

「ふウん。」

けれど、坊《ぼう》やの鹿《しか》は、花《はな》をみたこともないので、花《はな》とはどんなものだか、春《はる》とはどんなものだか、よくわかりませんでした。

ある日《ひ》、坊《ぼう》やの鹿《しか》はひとりで山《やま》のなかを遊《あそ》んで歩《ある》きまわりました。

すると、とおくのほうから、

「ぼオん。」

とやわらかな音《おと》が聞《き》こえてきました。

「なんの音《おと》だろう。」

するとまた、

「ぼオん。」

坊《ぼう》やの鹿《しか》は、ぴんと耳《みみ》をたてていました。やがて、その音《おと》にさそわれて、どんどん山《やま》をおりてゆきました。

山《やま》の下《した》には野《の》原《はら》がひろがっていました。野《の》原《はら》には桜《さくら》の花《はな》がさいていて、よいかおりがしていました。

いっぽんの桜《さくら》の木《き》の根《ね》かたに、やさしいおじいさんがいました。

仔《こ》鹿《じか》をみるとおじいさんは、桜《さくら》をひとえだ折《お》って、その小《ちい》さい角《つの》

にむすびつけてやりました。

「サア、かんざしをあげたから、日《ひ》のくれないうちに山《やま》へおかえり。」


仔鹿《こじか》はよろこんで山《やま》にかえりました。


坊《ぼう》やの鹿《しか》からはなしをきくと、お父《とう》さん鹿《じか》とお母《かあ》さん鹿《じか》は口《くち》をそろえて、

「ぼオんという音《おと》はお寺《てら》のかねだよ。」

「おまえの角《つの》についているのが花《はな》だよ。」

「その花《はな》がいっぱいさいていて、きもちのよいにおいのしていたところが、春《はる》だったのさ。」


とおしえてやりました。

それからしばらくすると、山《やま》のおくへも春《はる》がやってきて、いろんな花《はな》はさきはじめました。

赤《あか》いろうそく

山《やま》から里《さと》の方《ほう》へ
遊《あそ》びにいったさるが
一本《いっぽん》の赤《あか》いろうそくを
ひろいました。
赤《あか》いろうそくは
たくさんあるものでは
ありません。
それでさるは
赤《あか》いろうそくを
花火《はなび》だと思《おも》いこんで
しまいました。

さるはひろった赤《あか》いろうそくをだいじに山《やま》へ持《も》って帰《かえ》りました。

山《やま》ではたいへんなさわぎになりました。何《なに》しろ花火《はなび》などというものは、しかにしてもししにしてもうさぎにしても、かめにしても、いたちにしても、たぬきにしても、きつねにしても、まだ一度《いちど》もみたことがありません。その花火《はなび》をさるがひろってきたというのであります。

「ほう、すばらしい。」

「これは、すてきなものだ。」

しかやししやうさぎやかめやいたちやたぬきやきつねがおし合《あ》いへしあいして赤《あか》いろうそくをのぞきました。するとさるが、

「あぶないあぶない。そんなに近《ちか》よってはいけない。爆発《ばくはつ》するか

ら。」といいました。

みんなはおどろいてしりごみしました。

そこでさるは花火《はなび》というものが、どんなに大《おお》きな音《おと》をして飛《と》び出《だ》すか、そしてどんなに美《うつく》しく空《そら》にひろがるか、みんなに話《はな》して聞《き》かせました。そんなに美《うつく》しいものならみたいものだとみんなは思《おも》いました。

「それなら、今晩山《こんばんやま》のてっぺんにいってあそこで打《う》ち上《あ》げてみよう。」とさるがいいました。みんなはたいへん喜《よろこ》びました。夜《よる》の空《そら》に星《ほし》をふりまくようにぱあっとひろがる花火《はなび》を眼《め》にうかべてみんなはうっとりしました。

さて夜《よる》になりました。みんなは胸《むね》をおどらせて山《やま》のてっぺんにやっていきました。
さるはもう
赤《あか》いろうそくを
木《き》の枝《えだ》にくくりつけて
みんなのくるのを
待《ま》っていました。
いよいよ
これから
花火《はなび》を
打《う》ち上《あ》げることに
なりました。

しかし困《こま》ったことができました。と申《もう》しますのは、だれも花火《はなび》に火《ひ》をつけようとしなかったからです。みんな花火《はなび》をみることはすきでしたが火《ひ》をつけにいくことは、すきでなかったのであります。

これでは花火《はなび》はあがりません。そこでくじをひいて、火《ひ》をつけにゆくものをきめることになりました。第一《だいいち》にあたったものはかめでありました。

かめは元気《げんき》を出《だ》して花火《はなび》の方《ほう》へやっていきました。だがうまく火《ひ》をつけることができたでしょうか。いえ、いえ。かめは花火《はなび》のそばまでくると首《くび》がしぜんにひっこんでしまって出《で》てこなかったのでありました。

そこでくじがまたひかれて、こんどはいたちがいくことになりました。いたちはかめよりはいくぶんましでした。というのは首《くび》をひっこめてしまわなかったからであります。しかしいたちはひどい近眼《きんがん》でありました。だからろうそくのまわりをきょろきょろとうろついているばかりでありました。

とうとうししが飛《と》び出《だ》しました。ししはまったく勇《いさま》しいけだものでした。ししはほんとうにやっていって火《ひ》をつけてしまいました。

みんなはびっくりして草《くさ》むらに飛《と》びこみ耳《みみ》をかたくふさぎました。耳《みみ》ばかりでなく眼《め》もふさいでしまいました。

しかしろうそくはぽんともいわずに静《しず》かにもえているばかりでした。

はじめて見るものへのおどろき

新美南吉研究家　大石源三《おおいしげんぞう》

新美《にいみ》南吉《なんきち》は一九一三年（大2）に愛知《あいち》県《けん》知多《ちた》郡《ぐん》半田町《はんだちょう》（現・半田市）で生まれました。本名を渡辺正八《わたなべしょうはち》といいます。母のりゑはからだをこわして南吉が四歳《さい》のときに亡くなり、つぎの年に継母《けいぼ》の志《し》んがきて南吉を育てました。そして、一九一九年（大8）には弟の益吉《ますきち》が生まれました。南吉は半田第二尋常《じんじょう》小学校（現・半田市立岩滑《やなべ》小学校）に入学。母の郷里の叔父《おじ》さんが亡くなったので二年生の七月に養子になり「新美正八」となりましたが、半年ほどで岩滑の父のもとに帰りました。

一九二六年（大15）に小学校を卒業し、県立の半田中学校（現・半田高等学校）に入学、二年生のころから文学に目覚めて童謡《どうよう》、童話を創作しはじめました。

一九三一年（昭6）に卒業し母校で代用教員になり、二年生を担任して子どもたちにたくさんのお話をしたり、童謡や童話を作りました。このころに「ごん狐《ぎつね》」も創作されました。

一九三二年（昭7）に東京外国語学校（現・東京外国語大学）英語部文科に入学し、巽聖歌《たつみせいか》や与田準一《よだじゅんいち》などの知遇《ちぐう》をえて文学修行に励《はげ》みました。翌年には「手袋《てぶくろ》を買いに」を創作。一九三五年（昭10）五月には「でんでんむしのかなしみ」や「赤いろうそく」「一年生たちとひよめ」など、三、四枚の幼年童話を三十編近くも創作しました。

一九三六年（昭11）に東京外国語学校を卒業し、東京で就職して暮らしていましたが病気になり、十一月に故郷に帰って静養しました。翌年に愛知県河和《こうわ》尋常《じんじょう》高等小学校に代用教員として勤め、四年生を担任しますが、まだ病気が治っていなかったので苦しい勤務となりました。

一九三八年（昭13）になって安城《あんじょう》の高等女学校の先生になり、生活も安定し体も回復《かいふく》して生徒と楽しい毎日をおくることになりました。そして翌年には担任したクラスの生徒たちと、「生徒詩集」を六冊もだして詩の創作も多くなりました。

また、良寛物語《りょうかんものがたり》の『手毬《てまり》と鉢《はち》の子《こ》』（昭16）や初めての童話集『おぢいさんのランプ』（昭17）をだすことができました。この年には担任した生徒も卒業し、ほっとしましたが自分のからだが再び悪くなってきました。しかし、この年、南吉は代表作ともいえる作品を数多く書きました。「花のき村と盗人《ぬすびと》たち」「牛をつないだ椿《つばき》の木」「和太郎《わたろう》さんと牛」等です。一九四二年（昭17）十二月から翌年の一月にかけては、「耳」「狐《きつね》」「小さい太郎の悲しみ」「いぼ」等を喉《のど》の痛みをこらえながら書き残しました。

が、一九四三年（昭18）の一月から床《とこ》につくようになり、三月二十二日に亡くなりました。二十九歳《さい》七か月の短い生涯《しょうがい》でした。しかし、巽聖歌《たつみせいか》や与田準一《よだじゅんいち》らのおかげで九月には童話集『牛をつないだ椿の木』や『花のき村と盗人たち』をだすことができました。

南吉は短い生涯《しょうがい》でしたが、その間にたくさんの童話を作りました。なかでも「ごん狐《ぎつね》」は名作といわれ、小学校の国語教科書に四十年近くも採用されて、多くの児童たちに読まれ親しまれています。

ここにおさめられている童話は東京外国語学校の学生のころに作られたものです。

私たちは、はじめて見るものや経験したことに強い興味や関心をもって、もっとくわしく知りたいとか、なぜだろうかなどの疑問をもちます。幼いころの知恵《ちえ》のつきかかった子どもは母親に「これ何？」「なぜこうなるの」「どうして？」と矢継《やつ》ぎ早《ばや》に尋《たず》ねてきて、母親を困らせることがありますが、これらによって子どもはだんだん知恵がつき成長していくのです。

南吉の「ひとつの火」という童話に、

「わたしはまだマッチをすったことがありませんでした。／そこで、おっかなびっくり、マッチの棒のはしの方をもってすりました。すると、棒のさきに青い火がともりました。／わたしはその火をろうそくにうつしてやりました。」

という表現がありますが、幼い子どもが新しいことに出会ったときや、初めて体験するときの胸のときめきや感動は大きな喜びであり、身についた経験として子どもは成長していくものです。

この本にある童話はそれぞれこういう私たちの心をうまくとり入れたお話になっています。南吉の童話の中には私たちが物事をはじめて経験したときのおどろきや満足感、こころの高ぶりなどがよく表現された童話がたくさんあります。

私がはじめて南吉の童話に出会ったのは、一九五〇年（昭25）の冬でした。半田市の岩滑《やなべ》小学校の図書室に「一年生たちとひよめ」というお話のはいっている童話集があって、その中に「ひイよめ／ひよめ／だんごやアるに／くウぐウれッ」という、私たちが子どもの頃《ころ》、池でひよめ（かいつぶり）を見ると必ず大声で呼びかけた歌がはいっていたので、体がふるえるほどびっくりしました。作者を見ると新美《にいみ》南吉《なんきち》であったので二度びっくりでした。さっそくノートにこのお話を書きうつしたことを、今もはっきりと覚えています。

南吉は一九三九年（昭14）の二月、安城《あんじょう》高等女学校の生徒たちと詩集を作るとき「一年詩集の序」という詩をかきました。「生《あ》れいでて／舞《ま》うでてむしの／つののごと／しずくの音に／おどろかむ／風の光に／ほめくべし／花も匂《にお》わば／酔《よ》いしれむ」という詩で、これから詩をつくりだすにあたっての心のもち方を表現しています。でてむしはかたつむりのことです。

ここにも南吉のはじめて見るもの、体験するものへの心の高ぶりがみられます。南吉はこういう童話作家でした。

新美南吉略年譜

年号 大正	年齢	
2	0	7月30日、愛知県知多郡半田町（現・半田市）に生まれる。本名渡辺正八。生家は、畳屋を営んでいた。
6	4	11月、母りゑが亡くなる。
8	6	新しい母親に弟が生まれる。
10	8	生母の実家新美家の養子となり、新美正八となる（その年のうちに渡辺家に戻り父親たちと暮すが、姓は新美のまま）。
15	13	半田中学校（現在の半田高校）に進学。
昭2	14	この頃から、中学在学中を通して「緑草」「愛誦」「少年倶楽部」「赤い鳥」などの雑誌に、童謡、童話などを盛んに投稿する。
6	18	中学を卒業し、岡崎師範学校を受験するが、不合格。母校の半田第二尋常小学校（現・岩滑小学校）の代用教員となり、二年生を担任する。
7	19	前年に雑誌「赤い鳥」に投稿した「ごん狐」が1月号に掲載される。4月、東京外国語学校（現・東京外国語大学）に入学し、北原白秋門下の詩人巽聖歌、与田準一らと親しく交わるようになる。
8	20	この頃学内外の文学仲間と交流を持ち、童話のほかにも小説、評論、戯曲などへ幅広い関心を向ける。
9	21	2月、結核の症状（喀血）を自覚。

年号 昭和	年齢	
10	22	「木の祭り」「でんでんむしのかなしみ」などの幼年童話約30編を集中的に書く。
11	23	東京外国語学校を卒業し就職するが、秋に再び結核の症状が出たため、職を辞して半田に帰郷。
13	25	愛知県内の安城高等女学校の教員となる。短歌、俳句などにも関心を示す。
14	26	女学校の教員として充実した時期を過ごす。また、学生時代の友人が学芸部記者を務めていた「哈爾賓日日新聞」に、「花を埋める」「久助君の話」「最後の胡弓弾き」などを発表。
16	28	初めての単行本『良寛物語　手毬と鉢の子』を学習社より出版。また、南吉の代表的な評論とされる「童話に於ける物語性の喪失」を「早稲田大学新聞」に発表。
17	29	近づく死を自覚しながらも、「牛をつないだ椿の木」「花のき村と盗人たち」「鳥右エ門諸国をめぐる」などを執筆。10月第一童話集『おぢいさんのランプ』（有光社）を出版。
18		3月22日、咽頭結核により永眠。享年29歳。法名、釈文成。9月、『牛をつないだ椿の木』（巽聖歌・編）『花のき村と盗人たち』（与田準一・編）が相次いで出版される。

新美南吉の会

代表：清水たみ子

事務局：〒162-0825
東京都新宿区神楽坂6-38中島ビル502号
日本児童文学者協会　気付
Tel 03-3268-0691 Fax 03-3268-0692

新美南吉記念館

〒475-0966 愛知県半田市岩滑西町1-10-1
Tel 0569-26-4888 Fax 0569-26-4889
URL http://www.nankichi.gr.jp
交通　知多半島道路半田中央ICより東へ3分
名鉄河和線半田口駅より西へ徒歩20分

編集・新美南吉の会

画家・太田大八（おおた だいはち）
1918年長崎県出身。多摩美術学校卒業。1958年『いたずらうさぎ』ほかで第7回小学館絵画賞を受賞、'80年『絵本 玉虫厨子の物語』(第3回絵本にっぽん賞)、'90年『見えない絵本』(第4回赤い鳥さし絵賞)、'92年『だいちゃんとうみ』(第15回絵本にっぽん賞)。1999年にはモービル児童文化賞を受賞。現在、こどもの本WAVEを提唱。

ブックデザイン・杉浦範茂

●本書は『校定・新美南吉全集』（大日本図書）を定本として、現代の子どもたちに読みやすいよう新字、新仮名遣いにいたしました。
●現在、使用を控えている表記もありますが、作品のできた時代背景を考え、原文どおりとしました。

赤いろうそく　　新美南吉童話傑作選　NDC913 63p 25cm

2004年7月7日　第1刷発行　　2018年5月30日　第9刷発行
作　家　新美南吉　　画　家　太田大八
発行者　小峰紀雄
発行所　株式会社小峰書店　〒162-0066 東京都新宿区市谷台町4-15
☎03-3357-3521　FAX 03-3357-1027
http://www.komineshoten.co.jp/
組版・印刷／株式会社三秀舎　　製本／小髙製本工業株式会社

ISBN 978-4-338-20001-1